KB247427

너를 위하여 밝혀둔 작은 램프 하나

너를 위하여 밝혀둔 작은 램프 하나

혜조 스님 시집

우리글

시인의 말

부처님이 되고자 출가하려고 모든 것을 정리할 때, 그동안 쓴 시들을 태우려고 몇 번이나 화덕 앞에 나아 갔다. 그러나 이미 쓰여진 시들은 내 것이 아니라는 생각이 자꾸 들어서 차마 태우지 못하였다.

나의 소유라면 당당히 내 맘대로 태울 수 있었을 것이다. 그렇지만 그 시편들이 쓰여지기까지의 주인은 바람이었고 하늘이었으며, 구름이었고 빗줄기였다. 스쳐지나가는 바람에 문득 떠오른 풋풋한 상념 조각들이 그런 시를 쓰게 한 주인공이라는 생각이 끝까지 떠나지 않았다.

다시 말하면 그런 산천초목 산하대지가 시의 진짜 주인인데, 어찌 내 맘대로 태워버릴 수 있겠는가! 그래서 억누르려고 하면 할수록 옹달샘의 샘물처럼 새롭게 자꾸만 솟아나는 양심의 소리를 끝내 외면하지 못해, 그냥 집안 구석 한 쪽에 처박아놓은 채 출가를 하였다.

그 후 바쁘게 지내는 행자로서의 일상 속에서 까마득히 잊어버리고 있었는데, 고故 임영조 시인의 간곡한 당부로 인해 소설가 유익서 선생님께서 어머니를 설득하여 처녀시집이 나오게 되었다.

이미 인쇄까지 다 된 상태에서 나를 찾아와 허락을 구하니, 어떻게 거절도 하지 못한 채 애초부터 상관하지 않겠다는 생각에서 속명으로 내라며 허락했다. 그런데 정작 출판되고 나서 보니 여기저기 오자가 꽤 많이 눈에 띄었다. 언젠가 새로운 시집을 내기 전에 다시금 정리해서 내야겠다고 생각을 했었는데, 이렇게 도서출판 우리글에서 새롭게 수정판을 내주시니 마음으로 매우 감사할 따름이다.

그리고 출가 전에 썼던 술에 관한 시를 사문의 입장에서 보니 너무 부끄러워서, 맨 끝에 실었던 음주에 관한 시 2편 대신 출가 무렵에 썼던 〈발원〉과 〈방황의 끝〉이란 시로 바꾸어 실었음을 밝혀두는 바이다.

아울러 시를 쓰지 않고 살 수 없는 나의 방랑끼를 일찌감치 예견하고, 18년 전에 첫 시집을 내주셨던 출판사 관계자분들께도 뒤늦게나마 감사의 합장을 올린다. 또한 비록 아직 도를 깨치지는 못했지만 수행의 좋은 도반으로서 시를 계속 쓸 것을 밝히며, 앞으로도 많은 질책과 격려를 바란다.

2009년 남산토굴에서
혜조 손모음合掌

차례

2부 바람이 불면

4부 시가, 글쎄 사랑이

1부

오필리아의 노래

고백

여러분
제가 솔직히 여러분 앞에 고백을 하지요
저는 요즘 배가 고픕니다
저는 요즘 군것질을 퍽 좋아하게 되었습니다
물론 예전에도 군것질을 좋아하기는 했지만
요즘 들어 특히나 더 좋아하게 되었다는 말이지요
그 이유를 생각해 봤더니
아마도 제가 사랑을 하고 있기 때문인가 봅니다
사랑할 땐 쉬이 배가 고파지지요
그 좋은 예로 사랑하는 연인끼리 만나면
그들은 거의 함께 식사를 한다든가
차를 마신다든가
아니면 간단한 군것질을 하는 것이지요
저는 배가 고픕니다
배가 고파요
이제 배가 더 고파질 겝니다
그리고 마침내 견디지 못할 정도의 공복감에
빠져버릴 겝니다
빠져버릴 겝니다.

너를 위하여

너를 위해 남겨둔
빈 자리
그 적막한 순간을 아느냐.
여름날 빛나는 꽃잎 속에
아무도 모르게 누운
어둠의 자리,
때로 바람이 불고
물보라가 쳐도
끝내 잠들 수 없는
그 캄캄한 그리움의 심연
갈수록 내 것이 아니던 그대 사랑의
그 숨 막히는 불꽃 더위
한갓되이
저승의 뒤안 뜰팡,
고웁고 질긴 명주실로나
이어져 내릴까
이어져 내릴까.

너를 위해 밝혀둔
램프 하나,
밤새 기다리다
새벽이면 저 혼자
툇마루 흥건히 피를 토한다.

바다는

바다는 사랑의 가장 끄트머리
마지막 침실이다
젊은 날
그 계곡의 무수한 물줄기를 지나
뒤돌아보아도 뒤돌아보아도
몇 줌의 뼛가루처럼
분분한 안개만 흐르고
만경 들판의
키 큰 고목 하나로 서 있는
미이라,
불러도 다만 소리할 수 없어라
불러도 다만 소리할 수 없어라.

오필리아의 노래

아침이면
늘상 깨어나
머리맡에 놓아둔
거울을 본다
오늘도
나의 죄는 길다
머리를 빗으며,
간밤에 자란 죄의 길이를
가늠이라도 하듯
머리를 빗으며.

장독이 터진다는 한겨울
사과 씨의 캄캄한 어둠 저 건너편,
밤마다 가슴에 불을 지르고
영혼을 사르며
시를 버려도
최후까지 버티는 일은
끝내 머리를 기르는 일

나의 형기는 언제쯤일까.

머리를 빗으며
아침이면
늘상 깨어나 거울을 보며
오늘도
나의 죄는 길다.

찔레꽃

여기
풀섶을 돌고 돌아
그리로만 피어나던 슬픔이
점점이 선을 그으며
개구리 울음보다
더욱 붉게 벗기어 놓은
달빛을
절름거리며 절름거리며
베어 먹는 예감으로
있네
서 있네.

진달래

순이 볼 언저리
매양 돌던
배고픈 짝사랑을

이 산에서
저 산까지 다 먹어도
겨우내 주린 배는
부르지 않으리.

척박한 땅의 맨살에
뿌랭이와 뿌랭이로 얽히어
육신을 부풀리는

살아 단 한번
양달진 가슴 쬐어 보지 못했던 이들의
새붉은 노여움을,

이 마을에서

저 마을까지 다 헤매도록

한세월 앓아온

내 사랑은

먹어도 먹어도 배고프리.

귀로

나의 사랑은 언제나 산山이면서 메아리여요
산 굽이굽이 돌다
채 삭히어지지 못한 먼 외침은
어느 누구의 문턱에도 머물지 못하고
빈 하늘에 파문만 일으키고 있어요
하여 돌아와 보면
어느새 그대는 마른 가랑잎으로
내 심장 맨 나아중 자리에서
서걱이고 있네요.

생리生理

금오산 기슭의
골짜기 골짜기를 연해
어깨를 들썩이며
노를 저어 깊어가는
오후의 한나절
들녘 가득
해 떨어지는 소리
펄럭 산그늘로 잠기고
서산마루의
길게 목을 외로 빼어 울음 우는
외짝 기러기 한 마리,
차운 꽁지를 곧추세우고
저 홀로 붉어 서러운 노을 따라
푸르른 실낱
그늘그늘 타오르다
아릿아릿한 슬픔으로 감아 도는
처녀의 아름다운 피가 흐르는 강
열여섯 살 누이의 수줍은 얼굴이 보인다

일제히 꽃향내를 뿜으며
물빛으로 번져나는 주홍 띠의
벌겋게 꽃물이 밴
알몸이 탄다.

봄날

깊은 산 속 오백여 리를 헤치고
나 여기 왔네
햇빛은 수면 위
작은 송사리 떼처럼 속살거리고
시올시올 바람조차
서글한 노승의 장삼자락으로 부는 날,
두 연인의 가슴마다
끝내 이름을 얻지 못한
먼 해후의
그리움이
쏴 쏴
솔가지를 스치며
목이 마르대.

가을날

갈대 수풀 앙상한 언덕을 돌아
뉘라 머리 풀고
어룽진 눈물 흩뿌리며 달려오는가.

터질 듯 터질 듯
알곡으로 찬 설움을
뉘라 불안한 영혼의 입술로 노래하려 하는가.

가도 가도 새하얀 저 길 끝 위에서
뉘라 벌거벗은 나신으로
밤새 죽어가고 있는가.

잔설殘雪

어둡고 깊은 산골짜기
등성이마다
밭이랑마다
눈물처럼 선연히 타오르는 잔설,
뉘 영혼의 못 다한 사랑이기에
저리 하얗게 눈부셔 오는가.

보석을 뿌려놓은 듯이
활활 타오르고 있다.

눈 오시는 날에

그리운 사람아
눈 오시는 날에
말없이 죽자.

그대 고운 입술이
죄가 되고
따스한 가슴이
그대로 아픔이 되는

젊은 날의
고된 걸음을
쉬게 하자.

눈보다 투명한 목소리로
자락자락 피어나는
얼음꽃으로
날선 비수의 정직함으로

그리운 사람아
눈 오시는 날에
눈보다 투명한 얼굴로
말없이 죽자.

사랑과 절망을 위한 서곡

어둠이 늪처럼 내려앉는 날
그대 떨어지는 꽃잎 소리를 듣나요
깊이를 알 수 없는
절망의 언저리
새벽 놀빛에 퍼드득 깨어난
두 마리의 징그러운 산 목숨,
그들이 밤새 배앓아 놓은
뱀의 혓바닥 위로
일제히 꽃향내를 뿜으며 달아나는
딸강딸강
요령 소리,
하여도 잠들 수 없는 악연의
저 슬픈 전설 하나이
태어나고 있음을
뱃속에서부터 목이 멘
그들 비극의
첫울음 소리를
듣나요.

해금을 켜며

어찌하여
예 와 있는지
그대 아는가,

무덤가를 돌아
산발하고 달려나온 저녁 연기
가시덤불 되어
넘치게 불어나는 호곡소리로
타고 있음을.

능선을 따라 자라나온
슬픔의 띠
더러는 임의
호젓한 목탁소리로
여울져,

삼가 죽은 것만이 살아 움직이는
이 바람 부는 숲가에

갓난아기의 첫울음 소리가

펌프물처럼

펌프물처럼

가득 넘쳐나고 있음을.

달밤에

달빛이 저리 맑게 차오르는 것은
위험한 일이다
측백나무 참나무의 영혼을 뒤흔들고
끝에서 끝까지 바다의 밀물은
붉은 홍역 앓는
불안한 짐승의 소리로 가득 차
아주 가까이
심장이 파열되는
나자리노의 전율이
문어발처럼 끈적끈적
목을 조이고
네 푸른 눈가에
섬뜩 섬뜩 퍼득이는
귀기에 찬 흐느낌,
달밤에.

밤안개

뽀얀 젖빛의 안개
감탕처럼 대지를 싸안고
알알이 부서지는 육신들

오요요요 수줍은지라
부드러운 어깨선 아래에서 출렁거리는
주위가 흥건한 젖가슴

불타는 원시의 사타구니 속
온통 백포도주를 뿌려놓은 듯한
현기증나는 정액 냄새

하늘이 지워지고
땅이 흐려지고
생명의 탄성만이
유독 비밀스런 안개의 밤

생명을 낳고 있다

비로소 눈을 뜨는 생명의
희멀건 육신들이
세차게 버둥대고 있다.

아지랭이

차운 동토凍土의
어둡고 깊은 자궁子宮을 열어
이 현란한 꽃향내를 피우는 이는
분명 당신이지요
여름 가고 갈 가고
이제 겨울이 가고 봄이 오면서
바닷속의 해초만치나 흐느적거리며
그래도 연신 하늘에 이르고자 솟구치는
이 다함없는 사랑의
소중한 눈망울이
신앙처럼 깨어나고 있어요.

2부

바람이 불면

바람이 불면

오랜 장롱 속에 묵혀 둔
옛 할머니의 저고리 고름에도
파도가 몰려와
쏴아아
바다의 한 끝을 베고 눕는다.

풍경

1
성에가 낀
이른 새벽의
차 유리 밖으로
집이 몇 채 보인다
뒤미처 푸르른 수액이 차오르는
느티나무 하나
해붉게 상기된
눈매를
앳된 유방처럼 떨구고
동쪽 하늘
길게 섰다

2
비가 오는 3월의 숲은 온통 가을이다

3
바람이 돌아 잠이 드는 골짝
독사의 붉은 혓바닥에 취한 노을이

원광처럼 마을을 싸안다
비틀비틀 산그늘을 지으며 돌아앉는다

첩첩이 무릎을 포갠 작은 산들
무덤처럼 조용조용 앉아
실다라이 피어나는 저녁연기를
제향祭香인 양
이윽히 굽어보고 있다.

새벽 강가에서

길 고운 머리카락
실하게 한 움큼 땋아 내리어
거기 잃어진 꿈속의
낡은 그네를 타고
펄럭 문門을 여는
샛별의
타오르는 듯
빈 강울음이여!
오늘은
넘치게 차오르는
은빛 잔蓋으로
멀리
회한의 소맷자락 한 끝 나풀거리는
세상의 어디쯤일까,
삼경을 깨고 일어나
물안개를 헤살지며
홀로 서는 그리움.
까마득한 천공天空의 하늘에

이어질 듯
이어질 듯
학처럼 외론 모가지로
천년千年을 섰네.

저녁에

갈매 머리 흩어진
동산
메마른 풀들을 따라
여위는 햇살,

저녁술 피어오르는
칠순의
차운
먼 산이마.

놀 묏바닥
비끼는 어둠의 둘레로
꽃이 지는 자리마다
어두워 오는 이승.

봄밤

푸른 산 높이에
아련한 물부리로 떠도는 혼백,
너훌너훌
머리칼 쥐어뜯기듯
불붙는 찔레꽃 가시에 듣는
소쩍새 울음과
만개한 달빛
봇물 가득 흐드러지게 피어난
개구리들의 허연 울음이
무덤가 잔디
파아란 촛불 하나 켜두고.

별

뉘 영혼이 가꿔 놓은 꽃밭인지
참 많이도 피었다
내 진한 피를 빨아먹고
아름다운 해당화.

팽팽하게 긴장된 활시위
쏘아라, 벌떼들!
서늘한 정수리에
수직으로 내리꽂히는 독毒이여!

나는 저 주홍빛 독침에 쓰러지는
작은 벌레
에테르에 취해 버린
한 마리 실험용 개구리.

나를 넉넉히 취하게 하라
저항하다 저항하다
그만 스스로 가슴을 열어

속붉은 심장을 버히게 하고,

저 사랑의 알처럼
신비로운 죽음에
나를
한갓 표적이게 하라.

나목

곧 때가 오리라
땅 위로 불거져 나온 힘줄과 같이
어린 아이의 새붉은 잇몸이 자라나고
노란 손바닥이 감빛으로 여물 무렵
저녁노을 한 짐 걸쳐메고 선
저 마르고 단단한 가지들,
하늘로 치받아 올라간
그리움의
맨 나아중 끝
하늘님의 말씀보다 조용히
새벽별보다도 날카롭게
오오, 삼가 옷깃 여미게 하는
그대 속살 내음이여!

나무는

나무는
알고 있는지도 모른다
황금빛 노을이 실어다 주는 어둠을,
한여름 뒤의
차갑고 음습한 겨울비를,
비상하는 새의 날개를 위하여
긴 절망의 강江을 건너는 가난한 뒷모습을,
생솔가지를 불사르며
몇 시대를 앞서간 이들의
당당한 발자욱 소리를,
아이가 어른이 되고
아이의 아이가 채 어른이 되기 전에
나무는 또
알 수 있을런지도 모른다
켜켜이 쌓인 어둠 자락을 헤치고
마알간 속살 드러내 보이며
마디게 들려오는 미명의 톱질 소리를.

강아지풀

용래 할아범 안녕하시유
간밤의 비바람에
집이 무너지지는 안했어유
떠내려가지는 않았남유
혹시 할아버님 늘상 자랑하시던 수염이
몽땅 날아간 건 아니것쥬
오늘은 거짓말처럼 말짱 개어버렸는디
시방도 팔다리가 쑤시유
망아지 새끼같이 풀밭에 뛰놀던
애녀석들도
시커먼 얼굴 맨 흙발로 잠이 들었어유
할아버님 제사도 변변히 치르지 못하는
이 못난 장손은
그랴도 당신의 정기 받아 까질러 놓은 애새끼들이
싱싱하게 꼬리치며 자라는 거이
여간 대견스럽지 않어유
고놈의 새까만 눈동자를 들여다보믄
괜스레 뒤가 든든해지쥬

절망이나 포기나 무어든
아직은 너무 이르다는 생각두 서구유
그럼 오늘은 당신의 손자 손녀들과 함께
맨 머리로 뛰어놀다 지쳐 잠이 든
강아지풀들이나 조용히 일세우며
이만 인사를 마쳐야 쓰것네유
언제 한 번 잘 자란 애녀석들을 직접 앤겨드리것어유
안녕히 기시유.

담쟁이넝쿨

문을 열고 들어서면
같이 문을 열고 들어서는
담쟁이넝쿨,
열려진 창문 틈 사이사이로
스멀거리며 끈적끈적 기어오르는
대지의 손.
그를 절단할 수는 없다
매서운 눈보라가
아가리를 벌리며 쳐들어와도
우격다짐으로 비바람이 몰아쳐도
연연히 살아나는
그의 열려진 태양의 중심부를 향한
꿈틀거림은 성숙되어야 한다
타올라야 한다.

비 오시는 날 1

날이 깊어진다
달도 없고 별도 뜨지 않은 밤
내 안의 수줍은 너를 일깨우고
너와 나의 둘만의 비밀을 환기시켜 주는
몇 줄기의 빗소리가
상채기를 그으며 지나가는
넉넉한 어둠의 태내胎內
날이 빛난다
담배 불꽃 향기처럼
추녀 땀 새로
또박 또박 떨어지는 빗방울
점점이 걸어 나가
고해하는 죄의 날
…… 사랑하고 있어요
…… 사랑하고 있어요
젖은 낙엽을 안고 가는 여자
도글도글 여윈 가슴마다
술 피어오르듯 깨어나는

찬란한 배신의 날,

날이 출렁이고
날이 가득 충만해진다.

비 오시는 날 2

가는 모세혈관의
차가운 비애가 몸부림친다
유리창의 맑은 실핏줄
비가 흩뿌리는 저녁의 눈언저리께
은회색 비늘의 파문이 따갑게 일어서고,
그 너머로 매혹롯이 깃을 펴는
어둠의 빗살을 따라
마른 나뭇가지의
하나하나 살 부러지는 소리들.
제 모가지 떨구는 불협화음의
긴 곡성에 귀를 기울이며
하늘이 하얗게 질려버린 채
둥그싯 허리를 틀어올린다.

무당벌레

햇살 가득한
하늘 끝
포르르 날아와
동으로 난 창가를
쉴 새 없이 방황하는
한 마리
불안한 손님
언제부터인가
내 안에서
날기 시작한
애기무당들
포르르 폴 폴 폴……
장구를 치고
피리를 불며
한바탕 어우러지는 춤사위
꿈속에서도
가이없는 슬픔의
어지러운 심연 속에서도

나를 흔들어 일깨우는 것은
행여 언제부터인가
내 안에서
날기 시작한
푸르른 짚시들
점점이 자지러들던
보랏빛 시나위가락
시나브로 생명을 줄여가며
따 끝 맨 나아중 솟구치던 사랑이었다.

날파리를 위한 작은 노래

내가 들어설 수 있는 방문으로
날파리도 들어서고
날파리가 들어설 수 없는 방충망에는
나도 덩달아 갈 수가 없다.

살아 있는 것이란
생명의 공통분모 하나만으로도
옹골차게 껴안고 타오를 수 있는 것,
넉넉한 눈빛의 이양 타오르는 가슴으로
날아갈 일이다.
푸뜩푸뜩
모든 굴레의 망을 벗고
날이면 날마다 목이 메어
낮이 설던 그리움과 같이
최후까지 세차게 부둥켜안을 일이요
하마하마 사랑으로
온 밤을 불사를 일이다.

꽃을 꺾으며

흐르는 구름의 모가지
풀잎의 작은 몸뚱이와
바람의 실팍한 모가지까지
비틀어 죌 때의
핏빛으로 번져나는 눈.
늘상 잠들지 못하고
두런두런 쉴 새 없이
나무 밑, 돌 틈이나
시냇물 흐르는 냇가에서
처마 밑에서
혹은 거리 거리에서
벌어진 틈서리를 메워주고
하나의 불붙는 향내로 물들여 주는
그의 피는 향기로우리라
그의 언어는 달콤하리라
그러나 캄캄한 벼랑의 끝에서 솟구친
그의 피는 쓰다
진한 인욕의 모서리를 안고 잠이 든

화려한 꽃이파리는
때로 한없이 어둡고 깊어
꽃모가지를 꺾느니보다
차라리 내 멱을 따 버리는 편이
훨씬 손쉽고 간단한 일이었다.

길을 가며

내가 눈을 뜨면
빛이 눈을 감고
어둠도 따라서 눈을 감는다
그러나 내가 눈을 감으면
어둠이 깨어나고
빛이 눈을 뜨고
사물도 저마다 속붉은 심장 속의
가이없는 등불 하나씩을 밝히어
빨간 입술을 달고
뽀얀 속살을 들춰 보이며
출렁출렁 걸어나온다.

가을 단상

저녁 해거름
긴 그림자 안고
돌아가는 이,

스치는 소맷자락
가만 여미어 오는
소리
문풍지 소리.

안마당 고추내 닮은
저녁노을
뚝 뚝
떨어지고 있다.

3부

떠남을 위하여

떠남을 위하여

가거라
설멍한 꽃모갱이
마른 보릿짚단 별빛을 받고
잠든 사이,
순한 아내의 얼굴과
토끼발처럼 하얀 어린 새끼들
옛 전설을 더듬으며 따라나설 때
어둠 속 앵두 한 알만큼의
빛의 심지로 가거라
떠나거라.

어두운 밤바다에 스러져 닫히는
순결한 잠의 모서리 곁에서
평생을 남의 밭 지심매다 누우신
엄니의 까만 손마디 언저리서 들리는
싸리꽃 애삭이는 붉은 꽃울음마저
더러는 저문 강 흐르는 물소리에 흘려버리고,

어둠 속의 앵두 한 알만큼의
빛이 스러지기 전에
가거라
떠나거라
아무 표정 없이
영 이별이거라.

문門이 열린다

삼경,
깊은 인욕의
문門이 열린다
깨어 흐르는 것이
어찌 미움뿐이랴.
고운 아가의 숨소리에
맑은 내가 흐르고
별빛에 달음질치는 푸른 계곡
이슬을 떨구는 소쩍새 울음 따라
고개 숙인 밤의 잔등 위로
새벽 빛살처럼 뻗는 아픔,
눈을 뜨면 세상은
함빡 이슬을 털고 일어서는
약한 짐승이란다
그것의 심장에 귀를 기울이고
더러는 섭섭한 일도 용서해 가며
그렇게 살아갈 일이다.

잔盞

까만 숯자리로
타 버렸나요
그니의 하많은 고통과
타오르는 듯
불꽃의 소주내
화안히 빛내더니,
마주 앉아 함께 기울일 이도 없는
오늘은 그 자리에
빈 눈매로만
호젓이
떠 있네요.
아무도 노래하지 않고
아무도 더 이상 취하지 않는
그 숲가에
초승달 하나
비끼어 걸려와
내 하나만의 투명한 잔盞

스러지며

받들고 있어요.

봄비

오는 봄비는 오랜 잠을 깨고 일어난
　개구리 눈꼽 자리에서 울고,

오는 봄비는 허옇게 곰삭은
　뒤꼍의 김치 우거지 속에서 울고,

오는 봄비는 황폐한 논배미
　마른 풀뿌리 곁에서 울고,

오는 봄비는 막노동꾼의 하루 품삯을 이고
　비에 젖는 전표 아래에서 울고,

오는 봄비는 두고 온 자식 생각에
　판문점 뜨락 녹슨 철망 위에서 울고.

새벽

가만
저 조심스러운 발자욱은
어디를 향하고 있나요
온통 배가 고파
쪼그리고 돌아오는 영혼의
멀리 장작 뽀개어지는
나무 속살 내음 위로
나지막이 걸어오는
오, 이슬의 소리!

어둠 속에서 1

노오란 개나리
속입술
바다가 간다
바다를 꿰뚫을 수 있는 것은
깨끗한 침묵뿐이다.

꽃입술처럼 작은 입을 가진
엄마 손
아픈 배를 쓸어주시곤 하던
세상에 타지 않는 바다여!

내장을 드러내 놓는
뜨거운 입김
나는 보았다
어느 때 그것이 수정처럼
엉기는가,

무너진다

무너진다
손 하나 까딱 안한 바다가
우르르 우르르
침묵하는 소리.

어둠 속에서 2

깊은 밤 홀로 깨어 울 때는
섬이 되어 울더라
모오든 욕망이나 사랑과 결별하여
머언 파도 소리도
어두운 밤바다에 잠겨 버리고,
별빛 하나 보이지 않는
그런 섬
섬이 되어 울더라.

어둠 속에서 3

어둠의 심장을 두드려 보라
그 딱딱한 생과 사의 경계를 깨고
사랑과 미움의 강을 건너
너와 나의 분별을 지나,
그 단단한 석문을 깨고
시원스레 열리는
푸르른 바다.
벽이 무너지고
시간을 부수어
하늘도 땅도 이름을 잃는
지순한 어둠 속
봉곳이 솟아오르는 살내음,
어느 세상에도 타지 않는
먼 먼 시원始原에서
격렬하게 퍼져오르는 짐승의 숨소리
그 열려진 바다의
소리를 들으라.

상여가 나간다

떴네 떴네
우리 고향
저기 저 대숲바람 이는 곳,
눈처럼 깨어나 피어올라
종다리 비─뱃종 목청을 돋우고
고운 잇몸을 내어 보이네.
백장미 오래인 전설 속에서
딸강딸강 요령소리
이제야 문門을 열고
첫울음을 우네.

애장터

돌아보면 참 멀기도 하다
마른 할무이 손목 잡고
울며 울며
다리 절름거려 떠나온
그 길,

흰 파도 굽이치듯 넘실대던
강안의 허연 갈대꽃 울음을 지나
겨울 까치의 눈인사에만도
갈 길이 막혀
돌아보면 참 멀기도 하다.

빈 젖 빨며
할무이 뜨거운 눈물,
이름 없는 봉분 위에
후두둑 후두둑
둥지 틀며 깃드는 저녁.

차동고개

차동고개에 비가 내린다
비에 씻기어
갈 길은 먼데
종점은 보이지 않고
나의 자리도 없다.
그림자도 벗기어
내를 따라
멀리 서해西海로 향했나니,
모두들 떠날 채비에
바람이 고개를 수그리고
이윽히 가슴을 열어
후두둑 죽은 자를
흔들어 일깨우는 곳.
새 움이 터오고
낡은 세대의 그들과
영이별의 인사말도 쑥스러운
뜨락,
한 번 떠나간 것은

영영 돌아오지 말아라
바닷속 불타는 자궁에 닿을 때까지
천년이고 만년이고
썩어 문드러져
돌아오지 말아라
돌아오지 말아라.

아침

동녘 하늘 끝
산중턱 골마루 위에
살포시 눈을 뜨자마자
아침나절 시원스레 방뇨하는
태양.
검은 동공 속에 가득한 햇살
칠색으로 부서져
꽃이 되고 새가 되어
화락화락 날아오르리라만,
부처님은 그의 말씀을
시원의 바다 속으로 가라앉혀
물 밑 같은 고요로
그 맑은 속살을 드러나게 하신다.
만조 바다의 가득 찬 말씀들,
출렁이는 수많은 언어를 넘어
솟아오르는 깨끗한 얼굴을 보라.

부처님

부처님
당신은 어디 계십니까.
한낮의 개미떼처럼 몰려드는
당신의 주름살
급한 여울물로 흐르다
새로이 작은 꽃을 피우거늘,
고랑과 고랑 사이
목이 가물어
민머리 가상이로
세월이 흘러
부처님 당신의 분노는
저 땅 끝 위에 알몸으로 누워
얼음장 깨어지는 침묵으로
불붙고 있나니,
이 어려운 시대의 그늘을
피가 맺히도록 부수고 있나니.

종소리

하루살이야
끝내 너는 죽는구나
밤새
잘도 버티어내더니
종국에는
새벽이 다가오는 이 순간에
그것도 함께 밤을 지새온
나의 손바닥 아래에서
피 한 방울 묻어나지 않는
순수를
고백하고 있니?

향香

다홍빛 입술이 달싹거리며
반般 야若 바波 라羅 밀蜜 다多
소리를 듣는다
넉넉하게 두 팔을 벌리고
머리칼 산발한 채
호소하듯
길게 길게 공중을 헤젓다
이내 보이지 않는다
뜨거운 이마
붉은 생채기 위로
듣는 핏방울
보이지 않아 더욱 그리워지는
어머니 품속 같은
그곳에
칼바람이 부는 듯
어지러이
묘혈을 따라 피어나는
꽃 한 송이 보아라.

산사山寺

서녘 하늘빛
한 두름으로 엮어
길게 흐르는
목향내.

살맞은 배암의 꼬리처럼
타들어가는
저녁 예불
종소리.

이제 돌아갈 시간인가 보다
단좌한 노승
차운 이마 위로
뜨는 별
하나.

살풀이

눈이 부시다
이 세상 곳곳마다 널려 있는
저 발가벗은 몸뚱이들
우-우-우
바람을 부르고 햇살을 꼬드겨
차례차례 교미하는 나뭇잎
희게 번들거리며 애무하는 햇빛의 몸살,
남사스러워 남사스러워
바람도 이내 웅덩이를 찾아 달려가고
숨죽이며 괴어 있던 웅덩이 물은
바람결에 하나하나 속살을 헤쳐 보이다
그 옆의 하늘거리는 질경이풀이
때마침 살을 섞어
물방울의 젖꼭지를 터뜨리는 목숨,
문명과 원시와
부처와 중생이
죽음과 삶이

하나로 교미되는 완충지대
그 접촉지점 맨 끝에서
마른 계절이 폴폴 날리고 있다.

4부

시가, 글쎄 사랑이

발견 1
− 화가 이중섭李仲燮에게

숲 한 가운데
이끼꽃이 검게 피어 있는
오랜 세월의 우물 속에
깊게 깊게 두레박을 가라앉혀
이제 곧 퍼올리겠습니다
어느 누구도
먼 시원始原의 바닷속 같은
이 푸르름을
들여다보지는 못하였지만
가장 단순한 눈매의 소년이면
자, 보세요
바로 당신 얼굴이지요.

수영洙暎이 아저씨 시詩를 읽을 때면

수영洙暎이 아저씨의 시詩를 읽을 때면
나는 항상 우울하다

내 사상의 밑바닥을
이처럼 투시하게 하는 시詩가 없다

그가 펜을 잡고 있는 모습은
늙은 군인의 익숙한 총솜씨보다 겸허하고

발가벗은 젊은이의 육신보다
더 용솟음치는 일이다

맨 처음 수영洙暎이 아저씨 시詩를 접했을 때
느꼈던 심한 현기증,

점차 나를
지워버리고 싶어졌다

자유는 왜 저리
가슴앓이 환자처럼 숨가빠하며

연신 고독해 하는가?
왜 나는 나여야만 하는가?

시가, 글쎄 사랑이

시가 잘 씌어지지 않는 날이 있습니다
어떤 대상을 구하지 못했다거나
문제의식이 없다거나 그런 것도 아닌데
엿가락 늘어지듯 말만 헤프고
혹은 뱀이 또아리 틀듯
가슴에 옹골차게 맺히어
어느 한 가닥 풀어져 나오지 못하고
한 순간의 번뜩이는 예지나 풍자도 없이
새끼 잃은 어미새모양
진종일 피멍 들게 헤매 다녀도
시가, 글쎄 사랑이……

어디로 간 걸까

어디로 간 걸까 나의 시는
볕에 그을린
시커먼 얼굴을 하고
누렇게 바랜 몇 장의
가을 잎새귀 같은 몸매로
저녁 숨결 아슴아슴 젖어드는 산마루
긴 그림자 꼬리를 드리우고
어디로 간 걸까

어린 아이의 반짝이는 검은 머리칼과
그들의 새끼발가락 가상이서
햇살과 까불대며 조잘대던 입,
돌아가야 한다
그들의 진한 살냄새 담고
밭 갈고 돌아오는 농부의
어지러운 진흙 발자욱 소리로
아버지의 아름다운
피가 흐르는 강江으로

마냥 기쁘게 손뼉 치며 달리는
어린 아이의 순한 눈매로
단순함으로
돌아가야 한다
돌아가야 한다.

조카에게

두 손을 곱게 모은 꼬마는
손바닥 사이로
바닷물이 들어오고
짜운 소금바람 황황히 불어
하얀 조가비 벙그는 소리
갈매기 날갯짓 소리가
파닥파닥 들려온다며
눈을 깊이 내리감고
멀리 서해안과 대서양의 푸른 섬마을을 지나
아메리카 태평양 남지나해 섬으로
찬란한 햇살에 미끄럼을 타며
까르르 부서져 항해 중이다.
한 시대의 어둠과 빛이
네 안에서 조을고
가슴에선 늘상 소쩍새가 울고
파랑새가 난다
꼬옥 안아줄 때면
파랑새가 숨막혀 죽는다고

포르르 놀라 재재 달아나며,
한나절 뙤약볕의 담장 밑으로
메마른 흙더미의 타들어가는 풀잎을 보다가
이렇게 더운 날에
태양은 얼마나 뜨거울까?
걱정스레 개나리 꽃입술을
옹송거리는 아이.
그 소리에 귀 기울이기 위해
태양은 가끔씩 궤도를 돌다가
멈춰서기도 하는데,
그 애의 심장에선 언제나
맑은 시냇물 소리가 울려나오고
돌돌돌 하얀 종아리를
별빛이 구른다.

어린 조카의 시

다섯 살배기 어린 조카의
누런 잡기장에는
그리로만 통하는 창窓이 하나 나 있어요
누구나 쉽게 친해질 수 있고
늘 열려 있지만
또 아무나 들어설 수 없는
그곳은
별같이 맑은 눈을 가진
지순한 아이들만이 들어갈 수 있는
하늘님의 나라래요
그래서 그렇지 못한 사람은
낙타가 바늘구멍으로 들어가기보다도
아마 더 어려울 거래요
싱싱하고 푸르른 수액이
기운차게 솟구치는 숲가에
작은 오솔길이 나 있지요
이제 그 길을 따라가세요
더 이상의 이야기는 할 수 없어요

당신도 그 길에 대한 이야기는
이 다음에라도 행여 하지 마세요
그것만이 그 길이
어떠한 세상의 때도 타지 않고
언제나 맨 처음의 순결한 얼굴로
남을 수 있는 유일한 비밀이랍니다
하지만 냇물이 흘러서 바다로 가듯이
길은 길에 연하여 있고
길은 길로 하늘에 닿아
마침내 가장 깨끗한 나라가 어디에 있는지
당신을 이끌어 줄 것입니다.
먼 길을 떠나는
지극히 단순함으로 눈부신 그대여,
당신의 여행이 즐겁고 아름답기를 바랍니다!
안녕!

자화상

아름다운 시를
쓰려고 하면
나의 노래는
이미 끝이 나고 있었다.

삶의 아프고
진실한 시를 쓰려고 하면
시대는 조용히, 또 한편 차갑게
나의 얼굴을 밀어내고 있었다.

나는 끊임없이 나를 감시하고
나의 시를
나의 세월을
나의 모순을,

많은 찬사와
환영 속에서 떨어져 나와
그래서 늘상 어느 세상에도 잘 길들여진

우등생 노릇은 못하고

적당히 피냄새가 섞여 있는
아름다움과 절망의 자리에서
아무도 몰래 달콤하고 잔인한
시와 나의 거리를,

시와 사물과의 거리를
시와 독자와의 거리를
시와 시의 거리를
낱낱이 씹어 먹고 있었다.

외로운 병사

원고지를 대하면
순결한 처녀의 속살을 헤집는
한 마리 배고픈 정충이 된다
항상 그 칸의 막다른 곳에 갇힌
가련한 짐승이요 빚쟁이다
캄캄한 갱 속의
한 줌 빛을 캐는 날선 곡괭이,
배수진을 치고 싸움에 임하는
가장 외로운 병사가 된다.

그림자

검은 상복喪服의
꼭 다문 입술을 열어
한없이 새까만 언어만을
툭 툭 여물게 던져주는
혼의 곳집 같은 시詩.

밤마다 서로의 붉은 알몸
얼싸안고 잠이 들다
아침이면 함께 일어나
나란히 길을 가는
평생의 이끼 낀 화두話頭.

다가가면 까막까막 멀어지고
확 끊어버릴 수도 없으며
그렇다고 손쉽게 껴안을 수조차 없는
영원한 내부의 적敵.

우리들의 휴학을 위하여

떠난 것들이
더 이상 떠날 수 없을 때
그곳은 이미 돌아온 자리다

죽은 것들이
더 이상 죽을 수 없을 때
그들은 오히려 눈부시게 살아 있다

우리들의 휴학은
시대의 어둠을 불사르고
거짓된 우국憂國에 말목을 박으며,

끊임없이 되돌아오고
거듭 거듭 되살아날
마지막 우리들의 희망이다 양식이다.

콩나물 커가는 모습에

요 삼사일 전 시장에서
이백 원어치의 콩나물을 사와
깨끗한 수돗물에 씻어 내리다가
문득 유리컵 속에 몇 놈을 골라 넣었다.
빨래 널고 설거지하고
또 더러는 화장실에 다녀오다가
날마다 노란 콩나물 대가리가
푸르게 탈벗음하는 것을 보았다.
햇빛 방향으로만 고개를 내밀어
저녁 해어스름녘에 돌아와 보면
녀석들은 몽땅 창가로 쏟아질 듯 기울어져
정반대로 휘돌려 놓곤 하였다.
그래서 마침내 쬐끄마한 유리컵을 휘덮고
태양을 향해 타오르는 불꽃이 되었는데,
나는 문득 그의 싱싱한 눈빛을 읽다가
부끄럽게도 눈물이 흘렀다.
기껏해야 손가락 길이밖에 안 되는 저들에게서
사사로운 일에도 온통 비틀거리는

왜소한 나를 보았고,
사상의 밑바닥을 거대한 몸짓으로
그러나 소리도 없이
깨치고 자라나는 푸른 혁명과
참된 생명과
진정한 자유를 보았다.
헌법에 힘주어 쓰여진 〈민주공화국〉도
국회의원 후보자의 아무렇게나 지껄이는 구호도
이미 만성이 된 민중의
그렇게 밋밋한 체념도 아니고
빈곤한 지식의 산물도 아니었다.

자유는 바로 너,
너의 뜨거운 몸짓에 있다.

빨래

해붉시 상기된
햇살 하나,
등허리가 드러난
바람의 허연 엉덩짝에 실려
허청허청 한낮의 숨을 몰아쉬고
옷고름 풀린 한의 소맷부리
젖은 빨래의 눈물을 거둔다.
하얗게 하얗게 굳어버린 사랑
표백된 슬픔,
잘 마른 빨래에 코를 대보면
못 다 마른 여인의 긴 울음이
짜운 소금내로 남아 있다.
이제 다시 팔다리가 끼워지고
이 거리 저 거리 세월이 모는 대로
아삼아삼 걸어다닐 빨래를 보면
눈이 시리다
공중 속에 뿌려진 그니의 하얀 이마
버석버석 마른 모래알로 서걱이다

홀연히 내걸린 창백한 하현下弦,

그 옆구리 어디쯤 흥건하게 적시어 올

숨가쁜 추억의 몸부림

그 음률을 듣는다.

실

자취방에 혼자 누워 있으면
지금도 아버지의 그 여린 팔목이 생각난다
구름 같은 실뭉텅이 속에서
한 줄기 빛을 찾듯 실줄을 풀며
펄럭이는 무수한 실터럭지에
아버지는 연방 기침을 하셨다.

수동으로 온종일 돌려대는
아버지의 팔은 바보스럽도록 규칙적이다
그럼에도 부르르 부르르 떨리는 것을
이윽고 하나라도 더 팔려는 억센 노동팔이
오열하듯 부르르 떨리는 것을
나는 보았다.

문득 낯선 길거리를 헤매다가
실 파는 가게 앞을
지나칠 때가 있는데
유리창 너머로

잘 감긴 실꾸러미를 보면
가슴이 아프다.

언제나 똑같은 생김새로 돌아가는 손이
언제나 똑같은 억양의 목소리를 낳는 손이
어쩌면 희끗희끗한 머리칼을 닮았고
더러는 한결같이 그렇게 살아 온
아버지의 생生을
닮았다.

그리하여 끝내는 스물한 살 난
내 영혼의 전부가
절절이 살아
그 속에
피어오르고 있음을
보았다.

막버스

집으로 가는
어둠에 지친 어깨 몇이
가닥가닥
풀어진 얼굴로
기어오른다
담뱃재 같은 사랑과
과일씨 같은 죽음이 보이고,
땀에 젖은 손수건이
우수수 나뭇잎을 떨구듯
조종弔鐘을 울리며
막버스를 굴리고 있다.

차 안에서

작고 가는 체구의 그 차장이
열어준 버스에 올라탄 것은
실로 한 순간이었다
따갑게 내리꽂히는 빗방울에
벌겋게 달아오른 등판대기를 드러내 놓은 채
아침의 바쁜 출근 시간을 위해
질주하듯 차는 달리고
나는 불안하였다.
붐비는 차 안,
손잡이 하나 잡지 못하고
허우적이는 손이 불안하였고
얼굴 없이 밟히는
발등이 슬퍼서 불안하였다.
그러나 차를 기다리다
발목만 적시고 차를 떠나보내는
남겨진 자들의 알 수 없는 눈매가
나를 더욱 불안하게 하였다.
더욱이 무심한 나의 눈길을 단번에 낚아버린

차장의 군청색 남방 위로
한 줄기 내가 흐르고
간혹 옥처럼 부수어지는 눈물들,
비가 쏟아지고 있었다.
모두들 비를 긋고
젖은 몸을 털고 있는 차 안에서
가까스로 문가에 버티어 선
그의 머리 위에는
허술한 차이마를 통해 담장을 넘어온 빗물이
사정없이 검은 머리칼을 적시고
누릿한 얼굴을 적신 채,
가슴을 적시고
우울한 발목으로 흘러
벌써 둑은 무너지고
온몸에는 홍수가 범람하고 있었다.
아아 그것이다
까마득히 나를 불안스레 한 것은
퍼붓는 비는

우산을 쓰고
혹은 처마 밑으로 기어들어 피할 수 있지만
차 안으로 스며드는 빗물은
막을 수가 없다.

내 내부의 적에게는
더 이상 대항할 무기가 없다.

향천리

푸른 울음 하늘에 이으는
회청색 고갯길
가재새끼 곱살한 발톱으로
요리조리 달아나는 햇살을 잡는다.

고목나무 빈 곳집 속에
계절이 또아리를 틀고 옹송거린다
허청허청 언덕을 돌아
덤불을 훑다 맞닥뜨린
발가숭이 바람,

열적게 뛰어 도망나온 4월은
빨래하는 아낙의 허리춤 새로
기웃이 솟아나는 한숨 새로
저녁 예불 종소리에
전신全身이 흠뻑 붉는다.

강江

저녁노을에 더욱 푸르러진
청보리밭 너머
강가에는
해묵은 목선 하나
삭아가고 있었어요
젖은 모래펄 위로는
송홧가루 노란 유채꽃으로 펼쳐지고
그 사이 추녀 끝
맨발로 달려간 누이의 검은 머리칼이
실핏줄처럼 흐르고 있었지요
산봉우리를 날려보내던 그리운 정리情理도
차마 고갯마루에나 닿았겠느냐
이젠 어쩌지 못하겠다
호롯이 선 채
사방으로 문門을 닫는 배신의 시각,
곱게 벗겨진 고무신 두 짝을 남겨 두고
강가에는

누이의 삼단 같은 긴 울음이
검푸릇이 자꼬자꼬 깊어만 갔어요.

발원

공부를 하고 싶습니다
올바르고 정직한 눈으로

세상을 바라보고
실천해나갈 수 있도록,

그런 삶의 한 영역을
담당해나갈 수 있도록,

거뜬히 싸우고 사랑하며
살아가게 해주소서!

이 땅의 모든 불보살님 전
석가모니불 앞에
간구히 기도드립니다.

방황의 끝

결국은 하나였어요
그렇게 몸부림치며 찾아 헤매었던
모든 것의 귀결점은
오로지 나를 비우는 일.

보다 혹독하고 치열하게
맨 나아중 밑바닥까지
송두리째 드러내어
죽어버리는 일.

바닷물을 한 조랑의
표주박으로 퍼내듯이
날마다 날마다 죽는 연습으로
더욱 사무치게 나를 버리는 일.

이제 어느 누구라도
진심으로 존경하며 사랑할 수 있어요
이제 더 이상

아무것도 두렵지 않아요.

설사 어느 독사굴에 떨어져 죽게 되더라도
그들도 깨달음에 함께 회향할 수 있다는 것을
확실히 믿고 존중하기 때문에
하낱도 무섭지 않아요.

다겁생래로 쌓아온 모든 죄업이나
번뇌 망상·질병과 고통
그 아픔까지 참으로 사랑하며
'깨달아지이다' 하고 그들을 위하여 기도할 수 있어요.

내 진실로 여기에서 상불경常不輕의 원願을 세우노니
삼천대천세계의 일체 제불보살과
삼천대천세계의 일체 제중생은
위작 증명하옵소서!

삶의 끝에서 부른 초월의 노래

오세영(시인, 전 서울대 교수)

1.

나는 박계희를 만나 본 적이 없다. 아니 그의 육성조차
도 들어 본 적이 없다. 그럼에도 불구하고 나는 나름으로
그녀에 대한 어떤 초상을 지니고 있다. 앳되고 해맑은 20
대 여자, 내성적이고 명상적인 여자, 사람들과 잘 어울리
지 못하고 홀로 있기를 좋아하는 여자, 삶을 싫어하여 한
번쯤 자살을 시도했을 법한 여자, 일상성의 초월을 꿈꾸
는 여자, 눈이 투명한 여자 등이다.

이는 그녀가 그동안 세상으로부터 숨겨져 있었다는 데
서 오는 일종의 신비감의 작용 때문에도 그러하겠지만,
그보다는 그의 시가 전체적으로 풍기는 인상이 그렇게

만들었다고 말해야 할 것이다.

나와 박계희의 인연은, 내가 주식회사 태평양화학에서 사보 〈향장〉을 통해 매년 실시하는 '여성문예작품 현상모집'의 심사를 몇 차례 맡은 데서 비롯한다. 예심에서 올라온 작품들 가운데서 유독 눈에 들어온 작품 한 편을 별 주저 없이 최우수작으로 뽑아놓고 지방 여행을 하고 돌아오니, 담당자인 임영조 시인으로부터 연락이 와 있었다.

아무리 수소문을 해도 당선자의 행방을 알 수 없어 이를 취소하고 그 대신 우수작을 최우수작으로 대체하려 하는데 양해를 해줄 수 없겠느냐는 이야기였다. 나는 회사의 사정이 그렇다면 할 수 없지 않겠느냐는 대답을 했는데, 이런 전차로 당시의 시상에서 원래의 최우수작 〈조카에게〉는 제외되었다.

후에 임영조 시인에게서 들은 말로는 당선자는 대학을 졸업한 뒤 무슨 이유에서인지는 모르나 가출하여 산중의 암자에서 칩거하고 있다는 풍문만이 있는데, 그의 가족을 포함해서 그 누구도 그녀의 행방에 대해 알고 있지 못하다는 것이었다. 그녀가 바로 박계희였다. 조금은 슬프고 아름다운 시와 더불어 그녀가 지닌 이 우수어린 삶을 놓고 그 누군들 무관심하기가 쉽겠는가.

그러나 세월이 지나자 그녀에 대한 기억은 점차 희미해졌고 나는 그녀를 잊고 지내게 되었다. 그런데 우연한 기회가 그녀에 대한 나의 기억을 되살려 주었다. 지난겨울 대전에서 있었던 어떤 문학세미나에 주제 발표를 하러 갔던 때의 일이다. 동석한 공주대학의 조재훈 교수가 어떤 말끝에 문득 박계희의 동정을 언급했던 것이다. 그로서는 내가 〈향장〉지의 문학상 심사를 했던 일을 기억하고 있었기 때문이었으리라.

나 역시 그가 박계희의 대학교 시절의 은사였다는 사실이 새삼 떠올려졌다. 조 교수의 말에 의하면 이제 아예 비구니가 되어 충청도 산골의 어느 암자에서 수도생활을 하는데, 문학이라든가 세속적인 생활 같은 것에는 완전히 연을 끊고 산다는 것이었다. 어린 시절부터 그녀의 문학적 재능을 지켜보았던 그로서는 애석한 마음이 그지없어 보였다. 나 역시 아깝다는 생각이 들면서 비구니가 된 그녀는 어떤 모습일까, 한 번 보고 싶은 충동을 가지지 않을 수 없었다.

그런데 새삼 잊고 있던 박계희에 대한 기억이 그 일로 인해 되살아난 어느 날, 정말 또 우연찮게 박계희와 인연을 맺을 일이 내게 생겼다. 상경해서 채 몇 주일도 되지 않은 날, 임영조 시인으로부터 한 통의 전화가 걸려온 것이다. 이제 비구니가 되어 암자에 칩거한 박계희의 행방을 알아냈고 그녀의 시집을 출간하려 하는데, 이 시집에 해설을 꼭 써달라는 내용이었다.

출가한 몸으로 시들을 속세에 공개하고 싶지 않다는 그녀를 간신히 설득해서 반나마 승낙을 얻었으니, 그녀가 심경 변화를 일으키기 전에 빨리 시집을 내고 싶다는 것이었다. 임영조 시인 역시 그동안 박계희를 잊지 않고 그녀의 소재를 수소문해 왔음이 분명했다. 이것이 내가 이 글을 쓰게 된 소이연이며, 한 번도 만나 본 적이 없는 그녀와 인연을 맺게 된 경위인 것이다.

2.

박계희의 시에는 생에 대한 괴로움과 몸부림이 깔려 있다. 그리고 괴로움의 저 건너에 있으리라 믿어지는 어떤 평정의 세계, 순일한 아름다움의 세계로 나아가려는 의지가 엿보인다. 한편으로 그녀의 시가 퇴폐적으로 느껴지는 데 반하여 다른 한편으로 허무적으로 느껴지는 이유가 여기에 있다. 말하자면 그의 생에 대한 괴로움과 몸부림은 퇴폐성과 미학성의 탐구로 이어지면서 그녀를 쾌락의 정서에 몰두하도록 만들지만, 반대로 평정한 세계에의 동경은 무상과 허무의식을 수반하면서 어떤 슬픔의 정서를 배태시킨다는 사실이다. 박계희의 시를 읽고 전체적으로 인상지울 수 있는 특성은 바로 이런 점들이다.

생에 대한 괴로움, 순일한 평정의 세계에의 지향, 퇴폐, 미학, 허무, 슬픔, 무상감 등은 바로 박계희의 시세계를 구성하는 키워드들이라 할 수 있다. 이러한 키워드들이 어떻게 유기적인 의미망을 형성해 내는 것일까. 우리가 그녀의 시세계를 설명하는 데 있어 먼저 착안해야 할 것은 바로 이 점이라고 생각한다.

박계희의 시에 있어서 '생에 대한 몸부림과 괴로움'은 인간이 존재의 근원적인 조건으로서 지니고 있는 바 억압할 수 없는 본능에서 기인하는 것이다. 육체의 심연 저 밑바닥으로부터 끊임없이 그리고 맹목적으로 끓어오르는 본능은 항상 어떤 충족을 요구한다. 그러나 이생의 그 어떤 것도 완전한 충족을 가능케 해주는 것은 없다. 이생에서 본능의 충족이란 본질적으로 임시방편적인 것이고 순간적인 것이기 때문이다.

그런데 임시적으로 얻어지는 만족감은 영원한 것이 아니라는 점에서 무가치하며 무가치한 만족감이란 결국 향락적, 퇴폐적일 수밖에 없다는 논리가 성립된다. 나아가서 본능은 설령 어떤 가치가 수반되지 않은 순간적인 것이라 할지라도 이의 충족을 위해서는 그 과정에 많은 육체적, 정신적 노력과 수고가 뒤따르지 않을 수 없다. 정신적으로 도덕규범을 위배하는 상황과 부딪히며 육체적으로는 힘든 노동이 필수적이기 때문이다.

그러나 이처럼 고통으로 얻어지는 만족은 순간적인 것이므로 또 다른 본능의 충족을 위해서 인간은 이 같은 일을 영원히 되풀이하지 않으면 안 된다. 그러한 의미에서 이생에서의 본능의 충족이란 순간적인 향락을 위해서 영원히 고통을 되풀이하는 역설적 운명에 지나지 않는 것이다. 반대로 본능을 억압하거나 이로부터 도피하는 것

역시 범상한 인간으로서는 고통스러운 일이 되지 않을 수 없다. 충족되지 않은 본능은 그 자체가 괴로운 일인 까닭이다.

박계희의 시에 형상화된 생의 괴로움과 몸부림은 바로 이와 같은 해결될 수 없는 본능의 꿈틀거림에서 온다.

    ① 푸뜩푸뜩
    모든 굴레의 망을 벗고
    날이면 날마다 목이 메어
    낯이 설던 그리움과 같이
    최후까지 세차게 부둥켜안을 일이요
    하마 하마 사랑으로
    온 밤을 불사를 일이다

                 – 「날파리를 위한 작은 노래」

    ② 아릿아릿한 슬픔으로 감아 도는
    처녀의 아름다운 피가 흐르는 강
    열여섯 살 누이의 수줍은 얼굴이 보인다
    일제히 꽃향내를 뿜으며
    물빛으로 번져나는 주홍띠의
    벌겋게 꽃물이 밴
    알몸이 탄다

                 – 「생리生理」

인용 시들은 모두 본능에 대한 몸부림을 형상화한 시들이다. 인간의 본능 가운데 가장 핵심적인 것이 성 충동 – 리비도라는 것은 굳이 설명할 필요가 없을 것이다. 인용 시들은 모두 화자의 성적 본능의 욕망이 직접적으로 표현되어 있다. ①의 '최후까지 세차게 부둥켜안아 온 밤을 불사른다'라든지, ②의 '벌겋게 꽃물이 밴 알몸' 따위는 그 대표적인 것들이다. 그러나 물론 시인의 성적 욕망 즉 본능에의 몸부림은 그것이 시적 표현인 까닭에 이와 같은 직접적인 진술 이외에도 많은 다른 은유적 심상에 의해 제시됨을 간과해선 안 된다. 가령 〈풍경〉, 〈사랑과 절망의 서곡〉, 〈시가, 글쎄 사랑이〉 등의 시에 등장하는 '뱀'의 이미지, 〈겨울 강〉, 〈달밤에〉, 〈차동고개〉, 〈바다〉 등의 시에 등장하는 '바다'의 이미지, 〈찔레꽃〉, 〈달밤에〉, 〈산사山寺〉, 〈봄밤〉 등의 시에 등장하는 '달'의 이미지 등이 그것이다.

> 달빛이 저리 맑게 차오르는 것은
> 위험한 일이다
> 측백나무 참나무의 영혼을 뒤흔들고
> 끝에서 끝까지 바다의 밀물은
> 붉은 홍역 앓는
> 불안한 짐승의 소리로 가득 차
>
> — 「달밤에」

이 시는 '달'과 '바다'의 이미지를 교묘히 결합하여 인간의 본능에 억압된 리비도의 충동을 감각적으로 형상화시킨 작품이다. 달과 바다는 무의식의 세계에 잠재된 리비도라 할 수 있다. 그런데 이 잠재된 리비도는 어떤 자극이 가해질 때 인간의 의식 세계로 표출된다. 시인은 이 깨어 있는 리비도를 '불안한 짐승'으로 표상시켰던 것이다. 따라서 이 시의 이원적 대립으로서 식물('측백나무', '참나무')과 짐승은 각각 잠재된 본능과 깨어난 본능을 표상하는 상징들이다. 한편 다른 시에서 리비도는 '뱀'의 이미저리로 제시되기도 한다.

두 마리의 징그러운 산 목숨,

그들이 밤새 배앝아 놓은

뱀의 혓바닥 위로

일제히 꽃향내를 뿜으며 달아나는

— 「사랑과 절망을 위한 서곡」

뱀이 매우 관능적인 모습으로 묘사되어 있다. 이 시에서 뱀은 물론 리비도의 표상이다. 시인은 목숨, 즉 생명이란 리비도의 표출에 지나지 않는다는 인식을 보여준다. 그런 까닭에 그것은 어떤 형이상학적인 존재나 정신적인 실체이기에 앞서 한낱 짐승 그것도 징그러운 짐승에 지나지 않는 것이다. 박계희의 시에 제시된 '달', '뱀'

그리고 '바다'는 물론 리비도의 표상들이다. 그러나 그것은 결코 개인적인 상상력의 소산은 아니다. '바다', '여자', '달' 등은 생식과 성을 상징하는 원형적인 심상이며, '뱀'은 기본적으로 '물 — 바다'와 일원적 의미를 지닌 심상이기 때문이다. 그러므로 박계희는 그녀의 시에서 이와 같은 신화적 상상력의 삼원체계를 적절히 동원하여 시의 미학적 구조를 형상화시켰던 것이라 할 수 있다.

그러나 본능에의 탐닉은 — 본능에 매어 있는 삶은 고통스럽다. 앞에서 설명한 것과 같이 이 생의 그 어떤 것도 영원한 충족을 가져다 줄 수 없고 따라서 항상 순간적인 만족을 위해서 몸부림을 친다는 것은 고통의 연속일 수밖에 없기 때문이다. 영원한 것이 될 수 없는 임시방편적인 욕망의 충족은 또한 퇴폐적이고 향락적이며 유미적인 것이기도 하다. 순간의 쾌락을 위해서 사는 삶이기 때문이다. 한편으로는 삶이 고통스러우면서도 다른 한편으로는 그것을 즐기는 이 시의 여러 특징들, 즉 고통, 자학, 퇴폐, 미학, 쾌락 등은 이러한 배경에서 나타난다.

① 너훌너훌
   머리칼 쥐어뜯기듯
   불붙는 찔레꽃 가시에 듣는
   소쩍새 울음과

   — 「봄밤」

② 꽃모가지를 꺾느니보다
차라리 내 멱을 따 버리는 편이
훨씬 손쉽고 간단한 일이었다.

　　　　　　　　　　　　－「꽃을 꺾으며」

③ 불타는 원시의 사타구니 속
온통 백포도주를 뿌려놓은 듯한
현기증나는 정액 냄새

하늘이 지워지고
땅이 흐려지고
생명의 탄성만이
유독 비밀스런 안개의 밤

　　　　　　　　　　　　－「밤안개」

④ 개구리 울음보다
더욱 붉게 벗기어 놓은
달빛을
절름거리며 절름거리며
베어 먹는 예감으로
있네

　　　　　　　　　　　　－「찔레꽃」

①은 본능 때문에 괴로워하는 존재를 '찔레꽃 가시에 찢기우는 소쩍새의 울음'으로 형상화시키고 있다. 봄에 우는 소쩍새는 이미 그 전설이 지닌 의미 그대로 슬픔과 고통의 표상이다. 그런데 시인은 이를 보다 감각적으로 '찔레꽃 가시'에 찢기는 것으로 표현하여 그것을 극대화시키고 있다. ②는 자학의 심리를 여실히 드러내 보인다. '꽃'을 꺾는 행위가 본능 혹은 리비도의 충족을 의미한다고 할 때 시인이 꽃을 꺾기보다 차라리 자신의 '멱을 따고 싶다'고 말하는 것은 분명 자학 이외에 다른 것으로 설명할 수 없다. ③은 남녀의 정사행위를 통해 퇴폐와 쾌락의 삶에 대한 동경을 표현하고 있다. ④는 리비도의 표출을 미학적으로 묘사시킨 예의 하나이다. 여기서 찔레꽃은 존재의 표상이라 할 수 있는데, 존재가 지닌 리비도의 갈망을 시인은 이렇듯 아름답게 '달빛을 베어 먹는 찔레꽃'으로 형상화시키고 있었던 것이다. 시인은 마치 보들레르가 그랬던 것처럼 퇴폐적인 삶조차도 아름답게 인식하려는 노력을 보여준다.

그러나 근본적으로 본능에의 몸부림 혹은 퇴폐적인 삶조차도 동물적 생존의 가치 이상을 벗어나기 힘들다. 아울러 본능에 얽매어 사는 삶은 그 자체가 괴로움이며 고통의 연속이기도 하다. 이러한 자각을 갖게 됨으로써 시인은 생에 대한 질적인 전환을 모색하게 된다. 즉, 본능의 몸부림으로부터 벗어나 영원히 마음의 평정을 구할 수 있는 세계, 순간적인 쾌락의 즐거움이 아니라 영원한 충족이 주어지는 세계에 대한 동경이다. 그것이 구체적으로 어떤 세계인지 시인은 아직 모른다. 그것은 일상을 초월해 삶의 저 건너에 있는 어떤 관념의 세계일까. 아니면 저 싯달다가 마지막으로 도달한 어떤 깨달음의 세계일까. 그러나 그것이 어떤 세계이든 간에 시인이 리비도의 저 동물적 세계를 벗어나기 위해서는 먼저 자신의 내면을 성찰하는 일부터 시작하지 않으면 아니 될 것이다. 시인이 자신을 되돌아보았을 때 맨 처음 인식했던 것은 그러므로 내면에 '존재의 적'이 숨어 있다는 사실이다. 존재의 적 그것은 시인으로 하여금 삶을 리비도의 충족에만 탐닉케 함으로써 존재가 영원에 도달하는 길을 단절케 하는 내부의 유혹이라 할 수 있다.

　　벌써 둑은 무너지고
　　온몸에는 홍수가 범람하고 있었다.
　　– 중략 –

　　내 내부의 적에게는
　　더 이상 대항할 무기가 없다.

　　　　　　　　　　　　　　– 「차 안에서」

　내부의 적을 발견함으로써 시인이 이제 더 이상 리비

도의 충동에 맹목적으로 끌려가지 않고 이성적인 삶을 회복했을 때 그가 다음으로 본 것은 그 저지른 죄이다. 이제 그는 지금까지 살아왔던 유미적 삶을 죄로 인식한다. 리비도의 충족만을 추구한다는 것은 어떤 윤리적 가치나 순결한 세계를 범하는 일이 되기 때문이다. 따라서 이와 같은 과거의 삶을 인식하고 새로운 세계에 눈을 뜬다는 것은 비유적으로 어두운 밤이 지나고 새벽이 오는 것과 같다고 말할 수 있다. 사실 퇴폐적이고 향락적인 행위는 밤에 이루어지는 것이지 아침 혹은 새벽에 이루어지는 것은 아니다. 그러한 의미에서 시인이 다음과 같이 노래하는 것은 자연스럽다.

아침이면
늘상 깨어나
머리맡에 놓아둔
거울을 본다
오늘도
나의 죄는 길다
머리를 빗으며,
간밤에 자란 죄의 길이를
가늠이라도 하듯
머리를 빗으며.

—「오필리아의 노래」

이제 시인은 드디어 결단을 내린다. 삶의 평정을 누릴 수 있는 세계, 영원한 충족이 있는 세계, 본능에의 구속이 없는 까닭에 또한 완전히 존재가 자유스러운 세계에 도달하기 위해서 그는 미련 없이 이 세속적인 삶을, 리비도가 지배하는 저 동물적 삶을 버리고 존재의 초월을 이룩하려는 것이다. 그에게 있어서 존재가 영원히 자유스러운 세계에 도달할 수 있는 방법은 결국 존재의 초월이었던 것이다.

어지러운 심연 속에서도
나를 흔들어 일깨우는 것은
행여 언제부터인가
내 안에서
날기 시작한
푸르른 짚시들
– 중략–

시나브로 생명을 줄여가며
따 끝 맨 나아중 솟구치던 사랑이었다.
– 「무당벌레」

내면에서 날아올라 땅 끝 저 건너의 세계 – 완전한 자유의 세계에 다다른 한 마리의 환상적인 '무당벌레'를 통해 자신의 존재 초월을 비유시킨 작품이다. 무당벌레는 리비도의 몸부림으로 점철된 세계를 벗어나 푸르른 절대의 자유세계에 도달한다. 그러나 한 마리의 무당벌레가 절대의 세계에 도달하기 위해서는 그 자신 생명을 죽이지 않으면 안 되었듯이 시인 역시 순일한 아름다움의 세계, 마음의 평정이 이룩된 저 완전한 세계에 도달하기 위해서는 자신의 현세적인 삶을 죽이지 않으면 아니 된다. 그 완전한 세계란 무엇인가. 구체적으로 말하진 않지만 그것은 어린이가 지닌 순수 무구한 세계, 부처가 도달한 깨달음의 세계와 같은 세계일 것이다. 드디어 우리는 여기서 박계희의 달관과 깨달음을 만나게 된다.

또 아무나 들어설 수 없는
그곳은
별같이 맑은 눈을 가진
지순한 아이들만이 들어갈 수 있는
하늘님의 나라래요

―「어린 조카의 시」

부처님은 그의 말씀을
시원의 바다 속으로 가라앉혀
물 밑 같은 고요로
그 맑은 속살을 드러나게 하신다.

―「아침」

133

우리는 이 대목에서 왜 박계희가 시를 포기하고 스스로 출가를 결행했는지 조금은 짐작할 수 있을지도 모른다.

3.

박계희의 시가 지닌 미학적 특징은 그녀의 탁월한 감각적 이미저리의 구사와 회화적 풍경묘사에 있다. 그녀의 시는 청각적이라기보다는 회화적이며, 관념적이라기보다는 감각적이며, 메시지 전달적이라기보다는 사물제시적이다. 그러한 관점에서 그녀의 시는 에즈라 파운드가 말하는 바 회화시Phanopoeia에 속할 것이다. 그녀의 시가 가지고 있는 이러한 성격은 임의적으로 한 두 편의 시를 인용해보면 금방 드러난다.

바람이 돌아 잠이 드는 골짝
독사의 붉은 혓바닥에 취한 노을이
원광처럼 마을을 싸안다
비틀비틀 산그늘을 지으며 돌아앉는다

첩첩이 무릎을 포갠 작은 산들
무덤처럼 조용조용 앉아
실다라이 피어나는 저녁연기를
제향祭香인 양
이윽히 굽어보고 있다.

－「풍경」

마치 김광균의 회화시들처럼 풍경이 이미지들의 조탁에 의해서 매우 아름답게 묘사되어 있다. 그러나 그녀의 풍경묘사에는 김광균이 그랬던 것과는 달리 감상성이 배제된다. 그녀는 감각성을 지적 감수성으로 해체시키는 비법을 터득하고 있었던 것이다. 그리고 바로 이 점이 그녀가 비록 이미지 혹은 사물 제시를 통해 시를 형상화시키고 있음에도 불구하고 그 나름의 메시지 혹은 인생관을 비교적 선명히 드러낼 수 있었던 이유가 된다.

안마당 고추내 닮은/저녁노을/뚝 뚝/떨어지고 있다.
－「가을 단상」

차운 이마 위로/뜨는 별/하나.
－「산사山寺」

어둠이 늪처럼 내려앉는 날
－「사랑과 절망을 위한 서곡」

보석을 뿌려놓은 듯이/활활 타오르고 있다.
－「잔설殘雪」

등 임의로 골라본 시행들의 이 반짝거리는 감각적 이미지 등은 박계희의 시에 광채를 더해 주는 보석들이며, 그녀의 시를 한 차원 높게 만들어 준 미학적 기법들이다.

그녀가 앞으로 문학의 길에 다시 돌아올는지 아직 알수 없다. 나는 다만 그녀에게 언제인가 문학과 종교를 조화시킬 수 있는 날이 도래하기를 바라면서 이 작은 글을 매듭짓고자 한다.

어린 예술가, 그를 생각하며

– 친구가 말하는 시인 박계희

김화영(공주사대 동창, 중학교 교사)

'어린 예술가', 시 끝에 박계희가 스스로 늘 붙이던 꼬리표다.

아카시아 향기를 쫓아 감정이 풍부했고, 들꽃들을 좋아하던 계희와의 지난 시간들을 생각해 본다.

복잡한 도시에 살면서 수없이 부딪치는 사람들 가운데서 큰 키의 장삼을 입은 사람을 보면, 다시 한 번 걸음을 멈추고 얼굴을 살핀다. 낯익은 그의 얼굴이 아니라서 곧 어색해지지만, 그래도 어딘가 친근감이 느껴지는 얼굴로 스치곤 한다. 공주를 다녀도 사람들이 알아보지 못하더라는 그 말을 되새기면서.

벌써 5년이 지나가는구나. 큰 키에 잘 어울리던, 장삼 입은 계희의 표정들이 선하면서도 아련하게 느껴지던 청양 어느 산에서의 모습, 흙과 돌멩이의 거친 길을 오히려 내가 당혹스럽게 내려오던 그 봄날을 떠올리곤 한다.

며칠 전 아침 일찍 엄마의 전화를 받고, 그리고 임영조 시인의 권유를 받고 원고를 찾아 나섰다는 출판사의 편집자로부터 자세한 사연을 듣고 나서야 끊어졌던, 차라리 묻어 두려고 노력했던 과거와 끈적끈적하게 우리를 잡아매고 있던 그 질긴 끈, 공주가 새삼스럽게 생각났다.

대학 일학년, 동아리 모임 '국악 연구회'에서 함께 해금을 배우면서 알게 된 우리는 '율문학律文學'에서 '한누리문학'으로 이어지는 문학회 활동을 통해 더 잘 알게 되었다. 계희가 대학 3학년 때 뒤늦게 가입했으면서도 문학회의 다른 동인들과 선배들과 쉽게 친해질 수 있었던 것은 시를 사랑하는 맘이 크고, 분위기에 잘 어울리는 적극적인 성격 때문이었으리라.

일 년 쉬고 4학년 가을, 복학 후 함께 자취했던, 국립병원을 지나고, 상록원을 지나서 하늘 아래 첫 집, 감나무가 많은 동네 시목동, 넷이 살면서 문학회에서 자칭 타칭 3푼수로 어울리던 시절, 진한 막걸리가 있는 어부집으로, 금강 백사장으로 서성거리고, 노래하며 떠들던 별 많던 동네. 그 별을 보면서 떠들던 계희의 별 "하늘엔 별이 있고, 바다엔 불가사리가 있고, 땅 위엔 호박꽃이 있지" 하던, 호박꽃을 보면서 너의 별들을 생각한다.

늘 솔직하고 자연스럽게, 인위적으로 꾸민 것이 적은 마음 가까운 표현들. 많은 것을 걸치고 꾸미고 치장하는 것이 자연스러움이 되어 버린 요즘, 계희의 시편들을 넘

기면서 화장기 없는 맑은 얼굴을 대하는 것 같아 마음이 편안하다.

해가 질 때면, 금강이 먼저 붉어지던 공주, 돌 건물 한 모퉁이에 있던 모임방을 나서서 학교 앞에서 튀김을 하던 포장마차 집에 들렀을 때 무릎에 닿을 만한 키의 꼬마 아이가 칭얼칭얼 울고 있었지. 아기 엄마는 바쁜 손놀림으로 손님 대접에 바빴을 뿐이고, 계희는 갑자기 우는 아이를 껴안으며 "아직 너는 어리구나. 어린 네가 울음을 알아 버리면 안 된단다" 하면서 그 아이와 함께 흐느껴 울어버린 그 눈을 무안하도록 핀잔으로 대신했던 우리들. 다시금 계희의 시를 대하면서 이젠 그 눈물의 의미와, 아이와 울음을 함께 할 수 있었던 계희의 맑은 마음을 헤아릴 수 있을 것 같다.

생활에서는 자리를 많이 내어주고 싶어 하던 넉넉한 마음, 시에 대한 토론이 있을 때는 고집스럽던 분명한 목소리. 또한 자신의 시세계에 대한 애착이 대단했고, 시어에 대한 고집도 컸었다. 그것이 이 시집에선 계희만의 섬세하고 독특한 목소리로 살아 있어 맑고 깨끗한 서정시로서 광채를 발하고 있다. 졸업 선배와의 말다툼에서 지지 않고 컵을 던지면서까지도 끝까지 주장하고 후에 먼 길을 찾던 마음.

덩기덕 덩더쿵이던가. 단순한 장구 가락에 넋 놓고 앉아 하염없이 애절한 노랫가락 '어디로 갈꺼나'를 부르고 있는 것을 볼 때면 계희는 정녕 전생에 무당이었으리라 여겨지고는 했었다. 그런 그녀의 끼가 때론 그를 대범하게도 하고, 여리게도 하는 감정의 폭을 갖게 하지 않았을까?

함께 있다가 외출할 때, 노래하고 있는 녹음기를 끄고 나서려 하면 노래하는 것을 어떻게 중간에 끄느냐고 켜놓고 나가자고 말하던 그녀, 그렇듯 계희에게서는 늘 사물에 대한 따뜻함이 자연스럽게 배어나왔다.

돌담 건물이었지, 동료 학생 부당징계 철회와 학원 안정법 폐지를 외치며 들어갔던 단식 농성장에서의 의연함과 강함, 어깨동무했던 믿음직스러웠던 손, 오늘을 살아가는 시인의 양심을 중요시했던 목소리, 그 목소리엔 다른 사람을 일깨우는 힘참과 여린 풀빛 같은 자상함이 어린 아이의 눈동자로 박혀 있다.

어린 두 조카 이야기가 늘 입에서 맴돌던 계희에게 조카는 또 하나의 가까운 친구였다. 조카를 이해하려는 세계와 계희가 추구한 선한 세계에 대한 바탕은 하나였으리라. 어린 조카는 자신을 비추는 거울이었을지도 모른다. 그 어린 조카는 맑은 눈을 가졌고, 심장에서는 맑은 시냇물 소리가 울려나오고, 가슴에선 파랑새와 소쩍새 소리가 들리는 조카에게 계희의 마음의 눈과 귀는 늘 열려 있었고, 조카가 배우기 시작하여 잡은 크레파스로 그도 그림 그리기를 좋아했다.

늘 드나드는 사람이 많아서 어수선했던 자취방에서 신새벽이면 예불을 드리던 함부로 범할 수 없었던 경건함, 그리고 늦잠 자는 우릴 위해 차려놓던 아침밥상. 아침밥을 준비하던 그 손엔 곧잘 들꽃, 들풀을 꺾어 들기를 좋아했고 불량식품이라고 불리던 이름 없는 과자를 사가지고 오기도 했고, 해금을 연주하던 섬세함도 있었다. 히히히 하면서 웃던 큰 웃음은 많은 것을 포용하기도 하고, 매사에 열정적이게도 했다.

계희의 시를 보면 쉽게 먼저 사랑에 빠질 것이라고 말씀하시던 Y선생님이 생각난다. 긴 시간 동안 방황하고, 그 늪에서 헤어 나오지 못하던 H형과의 이어지지 못한 인연. 많이 아파하던 것이 곁에서 안타깝게 느껴졌지만 침묵하고 싶어 했던 것은 그만의 소중함이었으리라. 또한, 진한 삶의 한 부분이 되어 빗줄기처럼 길을 만들었으리라.

타인을 이해한다는 것은 힘든 일이라고 생각한다. 결국 이해라는 것도 자기 자신의 범주에 속하는 것에 지나지 않을 것이지만, 그러나 그 범주에서 벗어나려고 노력하는 과정이 이해가 아닐까. 5년여 동안 떨어져 대화가 없던 사이에 묻어 놓았던 과거를 허락도 없이 혼자 끄집어내는 것이 자꾸만 부끄러운 것 같아서 망설임이 많았다. 그러나 충청도에 서너 차례 다녀오시면서 계희를 많이 이해하시고, 애쓰시는 Y선생님의 진지한 모습을 대하면서 나름대로 용기를 갖는다. 그리고 계희 엄마의 큰 사랑에 또한 감동을 한다. 엄마의 넉넉한 마음과 뒷받침이 오늘의 계희를 있게 하지 않았을까.

첫 시집이 세상에 선보일 때까지 깊은 생각으로 조심스럽게 노력한 출판사 '생각하는 백성'에게 감사드리고, 해설을 해주신 오 교수님께도 진심으로 감사드린다.

첫 시집 발간이 좋은 인연이 되어 앞으로 계희에게 밝음이 함께 되는 큰 바람을 갖는다.

오늘 문득 어린 예술가, 너의 팔짱을 끼고 금강 둑길 따라 어부집에 가고 싶구나.

너를 위하여 밝혀둔 작은 램프

1판 1쇄 발행 2010년 12월 03일
2판 1쇄 발행 2025년 11월 15일

지은이 | 혜조 스님
펴낸이 | 김소양
마케팅 | 이희만, 전민상
디자인 | 권효선

발행처 | (주)우리글
출판등록번호 | 제 321-2010-000113호
출판등록일자 | 1998년 6월 3일

주소 | 경기 광주시 도척면 도척로 1071
전화 | 02-566-3410 / 031-797-3206
팩스 | 02-6499-1263 / 031-798-3206
메일 | wrigle@hanmail.net

값은 표지에 있습니다.

ISBN 978-89-6426-117-0   03810

잘못 만들어진 책은 구입하신 서점에서 교환해드립니다.